世界经典童话小

神奇的药水

著者／别涅蒂克 等　编译／刘万成 等

吉林出版集团股份有限公司 | 全国百佳图书出版单位

图书在版编目（CIP）数据

神奇的药水 ／ （匈）别涅蒂克等著；刘万成等编译.

-- 长春：吉林出版集团股份有限公司，2016.12

（世界经典童话小说书系）

ISBN 978-7-5581-2124-1

Ⅰ.①神… Ⅱ.①别… ②刘… Ⅲ.①儿童故事 – 作品集 – 世界 Ⅳ.①I18

中国版本图书馆 CIP 数据核字（2017）第 065104 号

神奇的药水

SHENQI DE YAOSHUI

著　　者	别涅蒂克 等	
编　　译	刘万成 等	
责任编辑	沈　航	
封面设计	张　娜	
开　　本	16	
字　　数	50 千字	
印　　张	8	
定　　价	29.80 元	
版　　次	2017 年 8 月　第 1 版	
印　　次	2020 年 10 月　第 4 次印刷	
印　　刷	三河市嵩川印刷有限公司	
出　　版	吉林出版集团股份有限公司	
发　　行	吉林出版集团股份有限公司	
地　　址	长春市绿园区泰来街 1825 号	
电　　话	总编办：0431-88029858	
	发行部：0431-88029836	
邮　　编	130011	
书　　号	ISBN 978-7-5581-2124-1	

前言

QIANYAN

　　儿童自然单纯，本性无邪，爱默生说："儿童是永恒的弥赛亚，他降临到堕落的人间，就是为了引导人们返回天堂。"人们总是期待着保留这份童真，这份无邪本性。

　　每一个儿童都充满着求知的欲望，对于各种新奇的事物，都有着一种强烈的好奇心，这样在成长的过程中就不可避免地被好的或坏的事物所影响。教育的问题总是让每个父母伤透了脑筋，生怕孩子们早早地磨灭了童真，泯灭了感知美好事物的天性。童话很好地解决了这个问题，让儿童始终心存美好。

　　徜徉在童话的森林，沿着崎岖的小径一路向前，便会发现王子、公主、小裁缝、呆小子、灰姑娘就在我们身边，怪物、隐身帽、魔法鞋、沙精随时会让我们大吃一惊。展开想象的翅膀，心游万仞，永无岛上定然满是欢乐与自由，小家伙们随心所欲地演绎着自己的传奇。或有稚童捧着双颊，遥望星空，神游天外，幻想着未知的世界，编织着美丽的梦想。那双渴望的眸子，眨呀眨的，明亮异常，即使群星都暗淡了，它也仍会闪烁不停。

童心总是相通的，一篇童话，便会开启一扇心灵之窗，透过这扇窗，让稚童得以窥探森林深处的秘密。每一篇童话都会有意无意地激发稚童的想象力和感知力，让他们在那里深刻地体验潜藏其中的幸福感、喜悦感和安全感，并且让这种体验长久地驻留在孩子的内心，滋养孩子的心灵。愿这套《世界经典童话小说书系》对儿童健康成长能起到一点儿助益，这样也算是不违出版此书的初心了。

编者

2017年3月21日

目录
MULU

木马围城计

特洛伊城坐落在爱琴海边的平原上，城墙又高又坚固，再强大的敌人也无法越入。城里的建筑非常讲究，神庙、王宫和平民的房子都是工匠们精心设计的，既美观又结实。

生活在这里的人们期盼特洛伊城能越来越富庶，自己的生活能越来越好。

而一场战争悄悄逼近美丽的特洛伊。希腊士兵身穿铠甲，手拿长矛和盾牌，越过爱琴海而来。他们扬言要踏平特洛伊城，杀光特洛伊人。

战争的导火索是希腊的海伦王后。特洛伊的帕里斯王子

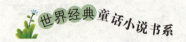

在访问希腊时，喜欢上了海伦，把她带回了国。

这对于希腊国王和士兵来说，无疑是个奇耻大辱。将军和士兵们乘上战船，越过爱琴海，在平原边的海滩登陆，然后在海滩上支起帐篷，还在营地周围筑起了一道石头墙。

希腊人将战书绑在箭上，射向特洛伊城，要在平原上与特洛伊人一决高下。

特洛伊人将城门紧闭，想依靠坚固的城墙和结实的城门抵抗希腊人。他们觉得，过一段时间，希腊人断了给养，就会撤兵。

可顽强的希腊人居然在特洛伊城外驻扎了整整九年。

雅典娜神庙里有一座神像。特洛伊人认为神像具有神奇的威力，能够保护城市，因此把希望寄托在神像身上，对守城充满信心。

时间久了，希腊人也开始相信神像的神力，认为只要神像在城里，就无法攻下特洛伊城，不如早早收兵。

尤利西斯是希腊方的一名将领。无论同伴们说什么，他都只是坐在角落里，一声不吭。

在一个大雨滂沱的晚上，尤利西斯悄悄地翻过城墙，钻进神庙，把神像带回了军营。

特洛伊人丢失了神像，认为就此失去了庇护，因此整天生活在恐惧之中，一有风吹草动，就以为是希腊人攻城了。

初夏的一天早晨，天刚蒙蒙亮，大多数特洛伊人还没有起床。

"快来人啊，出大事儿了。"哨兵们大呼小叫，惊动了全城的人。

跑出家门的人们听到了一个好消息：城外的希腊人不见了！海里的战船和海滩上的帐篷都不见了，围城的希腊人在一夜之间就没了踪影。

"一定是怪物把他们都吃了！"一个特洛伊人说道。

渐渐地，太阳升到山顶，海面和海滩上洒满玫瑰色的金光，海雾渐渐消退。站在城楼上的人们发现，一匹巨大的木马站在远处的一个海湾里。

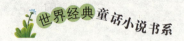

"够大的，一定是希腊人做的。"

"是啊，个头比四十匹真马还大。"

"肚子里一定能装不少的东西。"特洛伊人议论纷纷。

满脸皱纹、头发灰白的拉奥孔王子来到城墙上。他是一名祭司，他的聪明谨慎是出了名的。

"这一定是一个阴谋。大家一定要提防诡计多端的希腊

人，千万不要去碰木马。"他仔细观察了木马。

国王普赖姆发出了公告：希腊人已经撤退，特洛伊又获得和平与安全。特洛伊的城门将重新打开，人们又可以过正常的生活了。

整整九年，城市被团团围住，人们的心也时刻被恐惧占据着。就像经过漫长而可怕的黑夜，天终于亮了，人们终于从恐惧中解脱出来。

女人们边打扫房间，边大声谈笑，或者唱着动听的歌；商店老板把货物取了出来，卖给客人们；铁匠们把旧长矛改成工具；渔民细心地检查渔网，准备下海捕鱼。

城门一开，一些闲人和孩子们快步走出去，穿过平原，来到海边，想看一看希腊人的营地。

他们找到了一些陶器和不值钱的装饰品。人们只是在营地徘徊，并不敢到长满芦苇的海湾去，也不敢走近巨大的木马，只是远远地看着这个奇怪的东西。

几个特洛伊人在沼泽地打猎，意外地发现了一个受了伤

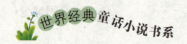
的希腊人，认为他是奸细，于是押着他向特洛伊城走去。

俘虏的脖子上被人用牛皮带套着，一个魁梧的壮汉用力拽着牛皮带。

"希腊人，是希腊人！"很多特洛伊人闻讯围了过来。

人们情绪激动，高声喊叫，奔走相告，引得越来越多的人向俘虏聚拢过来。

血从俘虏带着伤疤的脸上流下来，他的眼睛肿得很高，左耳也被砍伤了，右胳膊耷拉着，看样子是断了。

他的惨相并没有博得围观人群的同情。特洛伊人恨极了希腊人，看到俘虏摇摇晃晃地走过时，都忍不住冲上去，打几拳，踢几脚，还有人用棍子打他，连孩子都会朝他扔几把泥沙。一辆马车驶过来，车上站着一名军官，打人的人都停了手。

"你们在干什么，他是谁？"军官问道。

"他是希腊人，可能是个奸细。"壮汉恭恭敬敬地回答。

"你到底是谁，是敌人，还是朋友？"军官问俘虏。

"我叫赛农，出生在希腊，确实该算希腊人。不过现在已经没有国籍，只能算是个流浪者了。"俘虏回答道。

"这到底是怎么回事儿，你又怎么会伤成这样呢?"军官继续问道。

"几十天前，我也以为自己是希腊人，而把特洛伊人视为敌人。但是，那些希腊人没有把我当成同伴，反而下狠手打伤了我。"赛农愤愤不平地说。

"希腊人到底去了哪里，他们还会不会回来?"军官解开了赛农脖子上的牛皮带。

赛农决定把整个事情经过都讲出来。

尤利西斯从雅典娜神庙里偷走了神像以后，希腊人以为特洛伊城很快就要被攻陷了。可是，时间一天天过去了，胜利还是遥遥无期，士兵们失望了，士气低落，只想回家。指挥官们研究决定，放弃进攻特洛伊，立刻返回希腊。

就在此时，海上忽然刮起了大风，大风连续刮了好几天，好多帐篷都被掀翻，战船根本无法起航，希腊人绝望地

待在营地里。

"为什么刮起了大风?"希腊指挥官找占卜师推算。

"神像被偷走了,所以雅典娜发怒了,让海上刮起了大风,大风还将继续刮下去,直到你们做些好事儿,让她知道你们是真心悔改,海上的风暴才会停止。"占卜师说道。

"我们应该怎么做呢?"指挥官又问道。

"你们得做个木马,放在海湾里,再献上祭品,让雅典

娜看到，否则你们永远也回不了家。"占卜师回答道。

讲到这里，赛农的情绪更加激动了。

"之前我得罪了尤利西斯，没想到他买通了占卜师，说我是最适合的祭品。我恨不得跳起来，一刀杀了他。可是，士兵们冲了上来，抓住了我，把我关在营地外的一个帐篷里，准备第二天杀了我。"他愤恨地说着。

"半夜里，我磨断了绳子，偷偷跑了出去，没想到又被尤利西斯抓住了。他狠狠地打我，用刀柄抽我。你们看我身上的伤，都是他打的。我趴在地上装死，他才悻悻地离开了。我爬着躲进沼泽地，等他们的船都走了，才爬出来，又被你们抓住了。"赛农边说边展示着身上的伤痕。

"那匹木马到底是怎么回事儿啊？"有人大声问道。

"占卜师亲自指挥，制成了木马。希腊人非常信任占卜师，为了回家，把建造木马当作了头等大事，很快就建好了。也不知道是占卜师的话应验了，还是碰巧了，木马刚刚造好，风浪就停了。希腊人赶紧跳上战船，离开了。"赛农

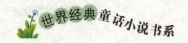

肯定地说道。

"看来木马是个能带来好运的吉祥物。"有人小声嘀咕。

"占卜师说过,木马放在哪儿,哪儿就会繁荣昌盛,好运不断。"赛农接着说道。

"你这是不是在替希腊人说好话儿啊?"有人质疑道。

"当然不是,我只是觉得,占卜师的话儿没准是真的。你看,希腊人把木马做得这么高,就是希望他们撤走后,木马不能被搬进城里,这样才不能给你们带来好运啊!"赛农解释道。

特洛伊人开始小声议论起来。

"他们把木马放在海湾里,就是指望海浪冲毁了它,你们就得不到他了。"赛农信誓旦旦地继续说道。

"希腊人太可恨了,我们不能让他们的阴谋得逞,得把木马拉进城,让它把繁荣带给特洛伊。"围观的人群情绪激昂,一窝蜂似的向木马跑去。

"这是希腊人的诡计,我们不能上当啊!木马不会带来繁荣，只会带来灭亡。"拉奥孔祭司不知什么时候挤进人群，拦住大家。

人们仍旧蜂拥而上。

"听，好像有声音，好像是从木马喉咙里发出的呻吟声，还有盾牌的撞击声。"跑到近处的几个人忽然停下来。

"把这个怪物扔到海里去，或者点火烧了它，千万不能把它拉进城里去。"拉奥孔祭司用尽全力朝人群大声呼喊。

人们根本不听他的劝阻，纷纷向木马跑去。

"听拉奥孔祭司的没错，把这个怪物抛到海里去，它会给特洛伊带来厄运。"几个拉奥孔祭司的支持者大声喊着。

"希腊人不希望我们把木马运进城，他们是我们的敌人，我们不应该遂了他们的心愿。"绝大多数人都支持把木马运进城里。

一些人在城墙上打开一个大缺口，另一些人取来车轮和绳子，誓要把木马运进城。拉奥孔祭司绝望了。

拉奥孔祭司领着两个儿子，向海边走去，打算祭祀阿波

罗神，以保佑特洛伊人平安躲过这场劫难，不要受到希腊人的伤害。

拉奥孔指挥儿子用光滑的石头砌了一个祭坛，正准备献祭，忽然听见海岸边传来一阵惊恐的叫喊声。

海里游来两条蛇，正快速逼近海滨。

这两条蛇是再普通不过的水蛇，整天都待在海里，一般不会游到岸上来。

拉奥孔祭司看了一眼蛇，觉得没有危险，于是又回到祭坛，重新开始献祭，完全没有意识到自己处于危险之中。

两条蛇来到祭坛前，出其不意地将拉奥孔和两个儿子紧紧缠在一起。没过两分钟，三个人就倒在刚刚筑起的祭坛旁，停止了呼吸。

两条蛇好像完成了任务一样，钻进了雅典娜神像下面的石头堆。

特洛伊人目睹了这一切，都惊呆了，甚至忘记了呼救。过了很久，蛇没有再出来，人们才松了一口气。

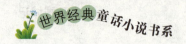

"你们看，拉奥孔阻止木马进城，也就是阻挠希腊人向雅典娜请罪，所以受到了雅典娜的惩罚。"人们议论纷纷。

"我们现在要做的，就是把木马拉进城里去。只有这样，特洛伊才能得到雅典娜的庇护。"一个占卜师大声说。

听了他的话，人们终于统一了意见，立刻动手，在木马脖子和腿上系上绳子，在木马站立的平台下垫上圆木。另一队人开出了一条通道，一直通到城墙缺口那里。

城里的男子差不多都过来了，一起用力拉动绳子，老人和孩子使劲推着木马。在占卜师的指挥下，人们一起用力，圆木发出"吱吱嘎嘎"的声音，木马开始移动了。

大家拖着沉重的木马，缓慢而平稳地向特洛伊城前进。围观的女人和孩子发出阵阵欢呼声。

太阳快落山了，木马刚被拉至缺口处。

"今天就先干到这里吧！木马已经到了特洛伊城边，我们的幸福已经能得到保证了。今天晚上，大家好好休息，养足精神，明天我们一鼓作气，将木马拉进城。"占卜师对大家喊道。

"养足精神，一鼓作气。"人们随声附和着。

人们互道晚安，各自回家，特洛伊城淹没在一片寂静之中，巨大的木马一动不动地矗立在城墙外。

到了午夜，一个人偷偷从神庙里走出来，一只手提着一篮松脂，另一只手举着一个小火把，蹑手蹑脚地朝城墙的缺口走去。他小心翼翼地爬上城头，把火把藏在城墙的缝隙里，又用链条把装着松脂的篮子吊在石垛的外沿，然后就坐了下来。月亮又大又圆，柔和的月光照耀着特洛伊城。

忽然，海面上出现了无数个黑点，黑点越来越近，原来是希腊人的黑壳船，一共一千艘。这种船船身低矮，易于伪装，适合夜间偷袭。

希腊人并没有回国，而是把船藏了起来，等深夜来临，又重新靠岸。他们准备抓住时机，一举消灭特洛伊。

城墙上的那个人看见战船，兴奋地站起来，把火把扔进篮子里。一瞬间，火焰腾空而起，火光照亮了原野和城墙，

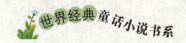

也照亮了这个人的脸。这个人正是赛农。

战船上闪现了三下亮光，赛农来到木马旁边，用剑柄敲了三下木马的前腿。木马的肚子里传出盔甲碰撞发出的声音，木马胸部的一块板子落了下来，从里面钻出一个人。

"一切顺利吗？"来人问道。

"太顺利了，特洛伊人没有丝毫的怀疑。我们的黑壳船已经靠岸，伙伴们正向这里挺进。特洛伊的人们还在家里睡觉呢，根本不知道这里发生了什么。"赛农低声说道。

一根绳子从上面放下来，尤利西斯顺着绳子下到地上。藏在木马里的五十个勇士也一个接一个滑到地面。他们困在木马肚子里好几天了，就盼着能回到地上。

"你这一身的伤是怎么弄的，是被特洛伊人打的吗?"尤利西斯一见赛农便问道。

"这些伤真的不关他们的事儿。"赛农赶紧回答。

"那是怎么回事儿?"尤利西斯非常不解。

"这是个苦肉计，伤是我自己弄的，为的是取得特洛伊人的信任，让他们钻进圈套。"赛农平静地说。

"你是我们的英雄，为了胜利，居然忍受了这么多痛苦，我代表希腊人向你表示感谢。"尤利西斯说道。

"通过这件事儿，我明白了一个道理，取得一场战争的胜利，不仅要靠武器和士兵，还得靠智慧。"赛农感叹道。

在尤利西斯的带领下，希腊的勇士们杀向了特洛伊城。

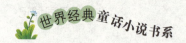

特洛伊人从睡梦中惊醒，看到了燃烧着的房子，听到了希腊人进攻的号角。

那匹巨大的木马并没有保佑特洛伊城繁荣昌盛，反而带来了毁灭。

这场战争终于结束了，美丽的特洛伊城也灭亡了。

赫拉克勒斯

宙斯是众神之王，拥有至高无上的权力。很多女人都非常爱他，和他生了孩子。

妻子赫拉特别看不惯这位放荡不羁的丈夫。她嫉妒那些女人，更痛恨那些孩子。

这些孩子中，赫拉最恨的是赫拉克勒斯，他是丈夫和忒拜国王安菲特律翁的妻子阿尔克墨涅所生的儿子。

赫拉千方百计想弄死赫拉克勒斯。在他8个月的时候，赫拉就曾在他的小床上偷偷放了两条毒蛇，准备毒死他。

结果，赫拉克勒斯不但没有被毒死，反而掐死了那两条

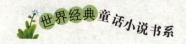

毒蛇。

赫拉克勒斯长得比同龄人快很多。他性格粗野，凶狠暴戾。有一次，音乐老师因为他顽皮而要惩罚他。赫拉克勒斯愤怒了，举起七弦琴使劲儿砸在老师头上，当场就把老师砸死了。

为此事，养父安菲特律翁把他赶出忒拜宫廷，让他到很远的客泰戎山去独自生活。

来到客泰戎山，赫拉克勒斯更加无拘无束。他钻进深山老林，爬上参天大树，从这棵树跳到那棵树，轻盈敏捷。

他像鹿一样在山上奔跑，狂野地追逐着最凶猛的野兽。他的身体越来越强壮，性格也变得更加凶狠残暴。

赫拉克勒斯常年与野兽为伴，与虎豹赛跑，酷暑严寒，无所畏惧。

几年过去了，养父安菲特律翁去世了，他的儿子克瑞翁登上了王位。

克瑞翁把赫拉克勒斯召回宫中，给他娶了妻子。婚后，妻子给赫拉克勒斯生了三个孩子。

赫拉克勒斯很爱自己的妻子，举止也变得稳重多了，大家都非常羡慕他。

赫拉见宙斯的儿子那么幸福快乐，十分生气，所以在克瑞翁面前说了他很多坏话，试图挑拨二人的关系。

在赫拉的一再挑拨下，克瑞翁对赫拉克勒斯充满了仇恨，让他滚出王宫，到深山老林做野人。赫拉克勒斯忍无可忍，在盛怒之下杀害了自己的三个孩子。

克瑞翁立刻将他逐出宫廷，去为迈锡尼国王欧律斯透斯效劳。欧律斯透斯是个胆小、懦弱、嫉妒成性的人，为了刁难赫拉克勒斯，把宫廷里最难办的事情交给他去做。

首先，他让赫拉克勒斯去和山里的一头狮子搏斗，并要剥下狮子皮。欧律斯透斯知道这是一头凶悍无比的狮子，没有人能战胜它。

这头猛狮经常出没于森林之间的交通要道上，吓得人们不敢出门。

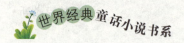

要想道路畅通，必须杀死那头可恨的狮子。

但是，这对赫拉克勒斯来说是一件轻而易举的事情。他瞪着双眼和狮子对峙，在狮子扑过来的瞬间，向侧面一闪，猛然抓起狮子，吼叫着举过头顶，转几圈后把它狠狠摔在地上。没等狮子喘过气，他又抓起来连摔几次。不一会儿，狮子就死了。赫拉克勒撕下狮子皮裹在身上。

人们像迎接大英雄一样，簇拥着赫拉克勒斯返回王宫。欧律斯透斯见赫拉克勒斯披着狮皮，吓得不敢抬头看他。

接着，赫拉克勒斯裹着狮子皮去做下一件事情。欧律斯透斯命他到城南与许德拉搏斗。

许德拉长着许多脑袋，看上去像一个巨大凶悍的章鱼怪兽。赫拉克勒斯用长剑砍下他的头，可是，每砍掉一颗头，就会重新再长一颗。

赫拉克勒斯觉得这样下去不是办法，于是在森林里放了一把大火，每砍下许德拉的一颗头，就立刻用火把伤口烤焦，这样许德拉的新头就永远长不出来了。

赫拉克勒斯用巨石砸碎了许德拉最后一颗头颅，把它埋在土里，上面压上大石头。

在厄律曼托斯山上，有一头野猪，时常伤害当地居民。

赫拉克勒斯找到它的洞穴时，野猪已经逃到很远的深山。他在白茫茫的雪地里艰难地穿行着，四处寻找着野猪的踪迹。

最后，赫拉克勒斯来到雪山顶上，在一个隐蔽的巢穴里抓住了这头害人的野猪。

野猪凶狠地向他拱过来。赫拉克勒斯迎上去，抓住野猪的耳朵使劲儿按下去。野猪动弹不得，用尾巴敲打着屁股，叫声传遍了整座大山。赫拉克勒斯趁势挥拳打昏了野猪，把它扛在肩上。当他把野猪扛回去时，欧律斯透斯吓得慌忙躲进一只木桶里。

赫拉克勒斯非常喜欢坐落在阿耳卡狄亚的福罗山。山里长期住着一个叫福罗斯的人，热情好客。

福罗斯捧出一坛人马怪酿的酒，十分高兴地款待了这位大英雄。

赫拉克勒斯很痛快地喝着，喝着喝着，眼前出现了很多人马怪。

它们上半身是人形，下半身是马形。有一个人马怪叫喀戎，见赫拉克勒斯喝了它们的美酒，勃然大怒，叫嚣着要把他杀死。

赫拉克勒斯一气之下拔出箭，把所有人马怪全部射死，并且顺手捕获了一只金角铜蹄的赤牡鹿。

在阿耳卡狄亚，有一个斯廷法罗斯湖。湖水虽然美丽，但所有人都不敢靠近这个湖，因为湖里住着一群长得又丑又干瘪的女人鸟。

只要见到有人靠近湖边，凶残恐怖的女人鸟就向他们投掷羽毛。

那些美丽的羽毛瞬间就会变成一把把锋利的刀剑，纷纷刺向善良的人们。

赫拉克勒斯来到斯廷法罗斯湖，那些干瘪骇人的女人鸟尖叫着盘旋在湖面上方，向他投来羽毛。

铺天盖地的利剑飞向赫拉克勒斯，他毫不惧怕，用箭射向一只只女人鸟，很快就把它们消灭了。女人鸟的尸体把斯廷法罗斯湖填平了。为此，赫拉克勒斯名震四方，人人都拍手称赞这位大英雄。

奥卑阿斯国王很欣赏赫拉克勒斯的才华，让他来打扫牛棚，并许下诺言，如果能在一天之内打扫干净，就把自己十分之一的牛送给他。他有成千上万头牛，牛棚大得望不到

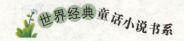
边,连牛粪都堆得像山一样高。

赫拉克勒斯心里很清楚,如果没有水流来冲刷这么大的牛棚,无论如何都不可能打扫干净。

他有些束手无策,感到从未有过的失望。但很快,赫拉克勒斯调整状态,运用智慧把一条河引进了牛棚,用河水把粪便冲刷得干干净净。

但是,奥革阿斯国王背信弃义,不履行诺言。一怒之下,赫拉克勒斯杀死了他。

迈锡尼国的克瑞忒岛上有一头会喷火的疯牛，火喷到身上，人立刻就会被烧死，十分厉害。

按照国王的命令，赫拉克勒斯必须去降服这头疯牛。他来到克瑞忒岛，拉开长箭向喷火牛的眼睛射去。

在喷火牛哀嚎之际，赫拉克勒斯连射数箭。受伤的喷火牛更加疯狂地向他扑来，猛烈地攻击着赫拉克勒斯。

赫拉克勒斯刀剑并用，同喷火牛展开了激烈的搏斗。被激怒的喷火牛口吐烈火，把赫拉克勒斯的眉毛烧焦了。

苦战几十个回合，赫拉克勒斯终于找准机会，骑在喷火牛身上，把它牢牢牵住。

这头疯牛，服服帖帖地被他带走。赫拉克勒斯牵着缰绳走进宫廷，将喷火牛交给欧律斯透斯复命。

战神阿瑞斯的儿子叫狄俄墨得斯，是比斯涅斯人野蛮部落的国王。

同他父王一样，他性情傲慢，非常好战，因养了四匹神马而闻名于世。

欧律斯透斯对那四匹神马早已垂涎三尺，命令赫拉克勒斯去把那四匹神马牵来。

赫拉克勒斯来到野蛮部落，让比斯涅斯人交出神马，否则将血洗他们的部落。

比斯涅斯人当然不会轻易交出神马，摩拳擦掌准备战斗。在国王狄俄墨得斯的带领下，勇士们手持兵器，从四面八方涌向赫拉克勒斯。

双方展开了激烈的战斗。赫拉克勒斯左杀右砍，愈战愈勇，最后，杀死了国王狄俄墨得斯，抢来了四匹神马。欧律斯透斯终于如愿以偿。

欧律斯透斯做梦都想得到一条腰带，而这条腰带是阿玛宗女王希波吕忒的心爱之物，每天都把它系在腰上，时刻不离身。

他为了能夺来这个稀世珍宝，命令赫拉克勒斯和希腊的勇士们一起出征。

由于路途艰辛，很多人死在半路上。希波吕忒知道了赫拉克勒斯来阿玛宗的目的后，思虑了许久。

她对赫拉克勒斯这位大英雄早有耳闻，十分敬佩，知道他来抢腰带是为了满足欧律斯透斯的贪婪。为了不和他发生冲突，希波吕忒主动把腰带送给了他。

当宙斯的妻子赫拉得知希波吕忒女王把腰带送给赫拉克勒斯后，心中大为不快。

她决不能让赫拉克勒斯这么轻易地得到这稀世珍宝，嫉妒的怒火让她变得疯狂。

赫拉假扮成阿玛宗人，混进人群里煽风点火，挑拨赫拉克勒斯和阿玛宗人的关系。

"他来阿玛宗不是为了夺得腰带，而是为了要骗走女王希波吕忒。"赫拉指着赫拉克勒斯对阿玛宗人说。

阿玛宗人闻听此话怒火冲天，用仇恨的目光看着赫拉克勒斯，完全不听他的解释，一场大战即将开始。

赫拉克勒斯心里很难受。他来到海边，准备在那里和希波吕忒女王会面，告诉她事情的真相。然而，让赫拉克勒斯

吃惊的是，在那里等待他的是手拿长矛盾牌的阿玛宗人。

他只得迎战，与阿玛宗人搏斗起来。赫拉在人群里继续煽动着，使这场争斗越来越激烈。

最后，赫拉克勒斯一举打败了阿玛宗人，带着腰带回到了迈锡尼。当他把腰带放在欧律斯透斯脚下的时候，欧律斯透斯并没有让他休息，而是让他去做更艰难的事。

赫里翁是住在伽狄拉海湾厄里茨阿岛上的巨人，长着三头六臂，高大如山。

他从赫利奥斯神那里抢来一群牛，由另一个巨人卡哥替他看管。

赫利奥斯神的牛群被抢，心中十分懊恼。他知道赫拉克勒斯力大无比，勇猛顽强，就要求欧律斯透斯派他去战胜巨人赫里翁。

赫拉克勒斯只身一人前去和巨人赫里翁搏斗。这一仗打得天昏地暗，十分艰苦。

最终，赫拉克勒斯射中了赫里翁连接三个身体的心脏。

赫里翁倒地死去。赫拉克勒斯从卡哥手里夺回牛群，交给赫利奥斯神。

时间流逝，赫拉克勒斯厌倦了腥风血雨的生活，决定不再打打杀杀。

他找来干柴，准备用烈火把自己焚烧成灰烬。熊熊烈火中，赫拉克勒斯觉得自己的灵魂在升腾，身体无比的轻快和飘逸。他随风飘啊飘啊，终于登上了俄林波斯圣山。

这是女神在西方尽头拥有的一座美丽花园，仙人圣水，歌舞升平。

一位女神给赫拉克勒斯送来一颗金苹果，让他吃下去。赫拉克勒斯照做了，顿时心情舒畅，从此结束了杀戮生涯。

俄底修斯历险记

俄底修斯的船队正向西航行，忽然从北方吹来一阵飓风。海上顿时波涛汹涌，船队陷于黑暗之中。大船的两根桅杆被折断，船帆被撕成碎片。

水手们靠划桨好不容易将船驶到岸边，经过两天两夜，才把桅杆修好。俄底修斯的船队重新起航了，然而刚到伯罗奔尼撒南端的玛勒亚，肆虐的北风又吹了过来。

船队在风浪中颠簸了九天九夜，最后停泊在伊斯玛洛斯城的海岸。

俄底修斯派水手们上岸购买食物和淡水，并去城堡打探

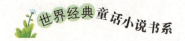

情况。不料，城内的喀孔涅斯人把这些水手当成了入侵者。

俄底修斯见已有好几名水手被杀死，立即下令起锚，离开伊斯玛洛斯城。在海面颠簸了十天后，他们来到了洛托法根人的海岸。为了获得淡水，俄底修斯不得不在这里住下来。俄底修斯把淡水运到船上，然后派几名水手去城里购买食物。

派出的水手见这里的人以甘甜的忘忧果为食，立刻被吸引了，大口吃起来。他们不知道，吃过忘忧果的人会忘记忧愁，忘记故乡，乐而忘返。

俄底修斯得知情况后，派人强行把吃了忘忧果的水手拖回船上。可有一名水手为了不被拖上船，竟跑进了森林。

俄底修斯不敢再做停留，命人赶紧起锚。

船队继续前行，来到了库克罗普斯人居住的地方，发现这里的人还处在原始的生活状态中，住在山上的岩洞里。

在邻近库克罗普斯的海湾外，有一座植被茂密的小岛，岛上野羊成群。

俄底修斯突发奇想，决定去岛上看一看，顺便了解一下风土人情。

第二天天刚亮，俄底修斯就带领一些水手上岛围猎。

他们打到了许多野羊，正准备返程时发现了一个高耸的山洞。山洞四周巨树参天，树下的羊圈里挤满了山羊。俄底修斯吩咐几名水手带上美酒和食物，随他进洞。他们走进山洞，发现洞主人不在，栅栏围成的羊圈外面满是篮子、挤奶桶和水罐。

过了一会儿，一位只在额间长有一只眼睛的巨人扛着一捆干柴走进洞来，原来他就是洞主人。

巨人把木柴扔在地上，发出一阵可怕的轰响。俄底修斯和水手们吓得赶紧躲在洞中的角落里，眼看着巨人把母羊群赶进山洞，用巨石封住了洞口。这时，巨人发现了挤在山洞角落里的俄底修斯和水手们。

"你们是谁，从哪里来？"巨人粗暴的声音如响雷。

"我们是希腊人，刚从特洛伊战场上回来，在海上迷了路，到这里来请求你的帮助和保护。"俄底修斯被巨人问得心惊胆颤，壮起胆子回答。

"你们的船在哪里？"巨人又问。

"我们的船已被巨浪摔得粉碎。"俄底修斯冷静地回答道。

巨人听罢，伸手抓起两位水手，像扔皮球一样把他们摔在地上，又像饿虎一样把两位水手吃掉了。

巨人又喝了一盆羊奶，躺在地上睡着了。

俄底修斯本想用利剑杀死巨人，但想到堵在洞口的巨石，便放弃了，只好在恐惧中苦苦等待第二天的到来。第二天一早，巨人醒来后，又吃掉了两个水手。他搬开洞口的巨石，把羊群赶出山洞，又在洞外用巨石堵住了洞口。俄底修斯苦苦思索着逃生的办法，最后在羊圈旁找了一根木棒，把一端削尖，藏在山洞一边。

晚上，巨人把羊群赶入洞内，用巨石堵住了洞口，接着吃掉了两个水手。

俄底修斯把皮袋内的酒倒进一个木桶里，走到巨人面前请求宽恕。

"再来一桶，我叫波吕斐摩斯，你呢?"巨人一饮而尽。

"我叫无人。"俄底修斯见巨人接连喝了三桶酒后开始有些神智不清了。

"你是我……最后一个……要吃的人。"巨人的舌头已经僵硬，身子向后一仰，倒地睡着了。

俄底修斯和剩下的水手趁机把木棒的尖端用力戳进巨人的眼睛里。巨人痛得大声吼叫，拼命呼唤山上其他的库克罗普斯人。

人们闻声赶到洞口，询问发生了什么事儿。

"无人刺杀我，无人骗了我！"巨人在洞内大喊。

"无人伤害你，那你叫什么！"人们说完，一哄而散。

巨人呻吟着，摸索着掀开洞口的巨石，坐在洞口张开双臂想抓住趁机逃出去的人。

俄底修斯灵机一动，用绳索将三只羊拴在一起，在中间一只羊的肚子下绑上一个水手。

天亮了，羊群争先恐后地跑出山洞。巨人仔细摸着每一只羊的背，发现没人才将羊放出山洞。

就这样，俄底修斯和剩下的水手顺利地逃出了山洞，把羊群全部赶到船上，起锚航行了一段距离。

"波吕斐摩斯，你的眼睛是被征服特洛伊城的英雄俄底修斯戳瞎的！"俄底修斯朝山坡上的巨人大声呼喊。

"古老的预言应验了，多年前预言家忒勒摩斯就说我的眼睛将会被俄底修斯戳瞎。没想到你是一个弱小的人，我的父亲海神波塞冬是不会放过你的。"巨人听到俄底修斯的话，愤怒地吼道。

也许是海神波塞冬听到了儿子的呐喊，顷刻间海面掀起了巨浪。俄底修斯的船有几艘沉入海底，好多水手也都落水身亡。

俄底修斯的船队一路航行，来到风神希波忒斯的儿子埃洛斯居住的海岛。

埃洛斯将俄底修斯接到宫殿里，答应帮助他们回国，并用银绳把一个鼓鼓的大皮囊绑在了他们的船上。

俄底修斯在海上航行了很长一段时间，来到家乡伊塔刻岛附近，顿时放松了警惕，躺在甲板上睡着了。

水手们见俄底修斯睡着了，纷纷猜测埃洛斯国王送的皮袋内装着什么礼物，最终一致认为袋里装着金银财宝。

水手们商量后解开了袋口，只见皮囊里的风呼啸而出，

俄底修斯的船又被吹回到波浪汹涌的大海上。

俄底修斯的船队在海上漂泊了七天七夜，终于驶进礁石环绕的港口。

俄底修斯登上山岩，放眼四望，见一处城头有青烟升上天空。他派出的几名水手在小城的城墙附近遇到一位年轻的姑娘，水手对姑娘的高大身材表示很吃惊。

姑娘告诉他们，她是莱斯特律戈涅斯国王的女儿。

几名水手跟着姑娘进了城，并走进宫殿，没想到国王传令要把他们洗净做晚餐。

国王见有一名水手逃跑，便命令军队砸沉港口里的船只。俄底修斯的船因停在一块礁石后才幸存下来。

最终，俄底修斯带着少数水手逃离了港口。

过了几天，船驶入到一处美丽的海岛，这里住着太阳神和海神女儿珀耳塞所生的孩子女仙喀耳刻。俄底修斯派出的几名水手来到了喀耳刻的宫殿外，看见院里有许多野兽在奔跑，吓得转身逃跑。这时，野兽将他们团团围住，慢慢地向他们靠进，摇着尾巴像哈巴狗一样友好。

喀耳刻把水手们领进宫殿，命人端来蜂蜜和美酒，趁水手们不注意，偷偷在里面掺进了一些魔药。

这些水手刚喝了一口，就变成了全身长毛的公猪。

为了救出同伴，俄底修斯也来到了喀耳刻的宫殿，喝下了喀耳刻加了魔药的酒。

"到猪圈里去找你的朋友吧!"喀耳刻迫不及待地用魔杖去触俄底修斯。

俄底修斯猛地抽出宝剑向喀耳刻刺去,只见喀耳刻惊叫一声,瘫倒在地。

"为什么我的魔药对你失效了,难道你就是多年前赫耳墨斯向我预言的俄底修斯?请收起宝剑,让我们成为朋友吧!"喀耳刻抱住俄底修斯的腿哀求着。

第二天一大早,喀耳刻派来侍女伺候俄底修斯沐浴更衣,随后与他共进早餐。

望着桌子上的美味佳肴,俄底修斯一点儿胃口也没有,满面愁容。

"你为什么如此忧郁?"喀耳刻问道。

"朋友还在危难之中,我没有心情用餐,把我的朋友恢复人形吧!"俄底修斯回答说。

喀耳刻拿着魔杖来到猪圈,将魔药涂抹在变成猪的水手身上。一转眼,几头猪猪毛脱落,又变成了人。

"你满足我一个愿望吧，你把船拉上岸，和你的朋友们都留在这里愉快地生活吧！"喀耳刻殷勤地对俄底修斯说。

望着喀耳刻，俄底修斯有些动心了，说要与船上的水手商量一下。

俄底修斯离开了宫殿来到海边，让留守的水手们到喀耳刻的城堡里住一段时间。

"你们真的愿意和那个女巫住在一起，难道你们忘了俄底修斯头脑发热时，我们差点儿死在巨人手里吗？"一个叫欧律罗科斯的水手表示反对。

俄底修斯愤怒地想抽剑杀死这个敢顶撞自己的人，但被身边的水手们拦住了。欧律罗科斯虽然反对，但还是跟着大家一起走进了喀耳刻的城堡，在喀耳刻和仙女们的精心服侍下，整整住了一年。见水手们思乡心切，俄底修斯只好恳求喀耳刻放他们回家。

"在你回家前，你必须先到哈得斯和珀耳塞福涅的阴间

王国去一趟，向底比斯的预言家提瑞西阿斯的幽灵询问未来的事儿。"喀耳刻提出了条件。

俄底修斯听到喀耳刻的话，不禁毛骨悚然。

"你扬帆起航，一阵风会把你吹到阴间王国的入口附近。"喀耳刻说道。

第二天一早，俄底修斯把水手们召集起来准备动身。

"喀耳刻要求我们回家前得去哈得斯的地府一趟，向底比斯预言家提瑞西阿斯的幽灵询问我们的归程！"俄底修斯坦白了一切。

水手们的心都要碎了，纷纷抱怨，却无济于事。

俄底修斯和水手们把船推到海里，竖桅张帆。喀耳刻施法送来一阵风，一会儿工夫，就把船队送到世界的尽头——奇墨里埃人的海岸。

俄底修斯按照喀耳刻的吩咐，来到两条黑河的汇合处献祭。一群幽灵从岩缝里涌出来，在洒满羊血的土坑上飘荡。

俄底修斯非常惊恐，抽出宝剑驱赶幽灵，在提瑞西阿斯的灵魂出现之前，绝不让这些幽灵舔舐羊血。

"让我喝一口祭羊的鲜血，我告诉你未来的事情。"提瑞西阿斯的灵魂出现了，右手拄着一根金杖。

听到这话，俄底修斯后退了一步，把剑推入剑鞘。

"因为你曾把他的儿子波吕斐摩斯的眼睛戳瞎，你归国的路上会遭到海神波塞冬的阻拦。但你不必失望，最终你能回到故土。"提瑞西阿斯说完，转身消失了。

俄底修斯的船队继续前进，忽然前方水花迸溅，波涛汹涌。水手们吓得连手上的桨都掉进了水里，船被迫停了下来。

"同伴们，不要慌，让船靠岩石边航行，不要被卷进漩涡里！"俄底修斯走到船头。

船已接近卡律布狄斯大漩涡。突然，海怪斯策拉出现在船队面前，一口就叼去了六名水手。

经过拼死的搏斗，俄底修斯终于穿过了在卡律布狄斯大

漩涡和海怪斯策拉之间的危险隘口。

　　船航行在平静的海面上，特里纳喀亚岛出现在他们眼前。这里是太阳神的岛屿，岛上不时传来神牛"哞哞"的叫声。俄底修斯想起提瑞西阿斯的警告，连忙吩咐水手们避开太阳神的海岛，但遭到水手们强烈的反对。

"你们要发誓，决不可宰杀太阳神的牛，只能吃喀耳刻送给我们的食品！"俄底修斯无奈地说。

在欧律罗科斯的鼓动下，水手们吃完喀耳刻送的食品，又把太阳神的几头牛杀掉充饥了。

太阳神听说此事后，恼怒地来到奥林匹斯圣山，威胁宙斯，说如不惩罚俄底修斯，就把太阳车赶到地府去照耀死人。宙斯只好用闪电把俄底修斯的船击得粉碎，只见所有的水手都跌落水中。

俄底修斯抓住了一艘小帆板船的船帮才得以逃生，随风漂荡到了可怕的卡律布狄斯大漩涡。

还没有来得及思考，船就被卷进漩涡里，俄底修斯连忙抓住悬岩上下垂的树枝，吊在空中。

看到帆板又从漩涡里冒上来，他马上落到帆板上，用双手当船桨，拼命划动，终于离开了大漩涡。

在一个漆黑的夜里，简陋的小帆板船被一场风暴吹翻，俄底修斯奋力游到了一个海滩上，累得睡着了。

第二天一早，岛主的女儿瑙西卡和几个妩媚多姿的女孩儿来到海边，看见一个半裸的、伤痕累累的男人躺在沙滩上，既吃惊又害怕。

俄底修斯睁开眼，见到一群貌美如花的少女出现在眼前，大吃一惊，翻身坐了起来。

俄底修斯被带回宫中，洗漱完毕后向瑙西卡和国王讲述了自己多灾多难的航海经历。

休息几天后，俄底修斯驾驶着国王给的船，又开始了返回家乡伊塔刻的航行。

在俄底修斯九死一生冒险航行的同时，妻子帕涅罗帕的生活也一刻没得到平静，一个人经管着王国和所有财产，耐心等待着丈夫归来。

时间久了，有谣传说俄底修斯已经在返乡途中遇难身亡，一些追求帕涅罗帕的人接踵而来，向她求婚。

出于无奈，帕涅罗帕许下诺言，说织完了手中的这件毛衣就答复他们。

帕涅罗帕的毛衣白天织晚上拆。

那些追求者们发现上当后，便威胁她限期给出答复。

"一周后举行拉弓比赛，谁能拉开我丈夫用过的弓，我就嫁给谁！"帕涅罗帕心中清楚，那张大弓，只有自己的丈夫俄底修斯能拉得开。

这天，一位衣着破烂、浑身肮脏的老乞丐来到了伊塔刻，从老仆人那里了解到这些年宫里发生的事情后，就住在了老仆人的小屋里。

许多天过去了，他仍以一副乞丐的模样到处转悠。

拉弓比赛的日子到来了，广场上聚集了看热闹的百姓。求婚者纷纷上台试着拉弓，却没有一人能拉开，甚至有的人连弓都举不起来。

比赛要结束了，老乞丐走上比武台。令百姓们惊讶的是，老头儿不仅轻易地拉开了这张弓，而且技法娴熟。帕涅罗帕一眼就认出了丈夫，大声喊着"俄底修斯"。此刻，所有人都认出了他，广场上一片欢呼。

小牡蛎的珍珠

　　萨米尔是一个可怜的孩子，刚出生不久，父亲就去世了。六岁那年，母亲也离开了他。萨米尔成了一个孤儿，四处流浪。

　　东家给他一口吃的填饱肚子，西家给他一件旧衣服挡住寒风，萨米尔就这样活了下来。

　　虽然是一个流浪儿，但是萨米尔身上没有一点儿浪荡习气。大家都不讨厌这个流浪儿，都对他充满了同情之心。

　　一天，萨米尔到海边玩耍，看见一只海鸥和一只苍鹭正在激烈争吵。

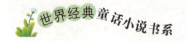

两只鸟瞪着眼睛，试图用利喙和爪子将对方撕碎。最后，它们跳到一块岩石上，用喙互相啄，用翅膀互相击打，用爪子互相挠抓，像疯子一样。

萨米尔很好奇，走到近处观看。

萨米尔发现，在两只鸟之间，躺着一只小小的牡蛎。小牡蛎无助地躺在那里，外壳开了一道缝，像是受了重伤。

萨米尔可怜起小牡蛎来，于是拣起一根棍子，冲着两只鸟挥动了几下。然而，两只疯狂的鸟根本不理会他。

萨米尔拾起一块石头朝它们扔去，两只鸟这才惊慌地飞走了。

萨米尔小心翼翼地捧起小牡蛎。

"可怜的小东西，吓坏了吧？现在，你再不用害怕了，我会保护你的！"萨米尔心疼地说。

"谢谢你救了我的命！"突然，小牡蛎说话了，慢声细语，像个小姑娘。

"别客气，我会好好照顾你，直到你养好伤为止！"萨米尔吃惊地回答，然后找来一个瓶子，装上海水，带小牡蛎回家了。

萨米尔精心地照料小牡蛎。不久，小牡蛎的伤口痊愈了，萨米尔准备送它回大海。

"谢谢你这些日子对我的照料，我有件东西要送给你。"分别时，小牡蛎突然说道，还是那个慢声细语的声调。

小牡蛎慢慢地张开外壳，顿时，一道耀眼的光芒让萨米尔眯起了眼睛。他揉揉眼睛，定睛一看，原来是一颗光彩夺目的珍珠。

"把珍珠拿去献给国王，你会交上好运的！"小牡蛎说。

萨米尔向小牡蛎道谢，目送它向大海漂去，心里悲喜交加。他将珍珠小心翼翼地包好，装在裤袋里，然后朝王宫走去。王宫守卫森严，有三道门。

在第一道门前，萨米尔遇到一个瘦守卫。

"您好！请带我去见国王好吗？我有一件很珍贵的礼物要献给国王。"萨米尔请求道。

"是什么礼物？我要先看看，才能放你进去。"瘦守卫恪尽职守。

萨米尔小心翼翼地把珍珠掏出来，只露出一点儿让瘦守卫看。瘦守卫立刻被珍珠的光芒刺得睁不开眼睛。

确信这是一件珍贵的礼物，瘦守卫这才放萨米尔进去。

在第二道门前，萨米尔遇到一个胖守卫。

"您好！请带我去见国王好吗？我有一件很珍贵的礼物要献给国王。"萨米尔还是彬彬有礼。

"我得看看礼物，只有确定那是一件珍贵的礼物，我才可以放你进去。"胖守卫说。

萨米尔再一次小心翼翼地把珍珠掏出来，只露出一点儿给胖守卫看。胖守卫只看了一眼就捂住胸口。

"噢，太漂亮了！"胖守卫同样放萨米尔进去了。

第三道门由一个令人生畏的巨人守卫把守。萨米尔挺了挺胸，鼓起勇气走了过去。

"您好！请带我去见国王好吗？"他请求道。

"勇敢的小家伙，你一个小孩子，要见国王做什么呢？"巨人守卫态度严肃。

"我有一件很珍贵的礼物要献给国王。"萨米尔回答说。

"是什么礼物？得让我先看看，我才能让你去见国工。"巨人守卫仍旧态度严肃。

萨米尔又一次掏出珍珠，只让巨人守卫看了一点儿。巨

人守卫立刻惊呆了。

"啊，太不可思议了！"巨人守卫说着，把萨米尔送到王宫的大殿。

国王威严地坐在宝座上。

"我的孩子，你想献给我什么东西呀？"国王和蔼地问。

萨米尔小心翼翼地从裤袋里掏出一个布包打开。霎时间，大殿里一片光芒，仿佛阳光穿破云层，照射了进来。

萨米尔双手捧着珍珠，恭恭敬敬地递给国王。硕大的珍珠光滑圆润、晶莹剔透、熠熠生辉，国王虽然拥有天下很多名贵的珠宝，但却从未见过这样的佳品。

国王欣赏着珍珠，爱不释手，立即召宫廷珠宝师上殿鉴定。珠宝师仔细端详珍珠，用手掂着重量，又拿到亮处反复观察。

"陛下，这真是一颗价值连城、举世无双的珍珠啊！"珠宝匠发出赞美之声。

国王听了，脸上笑开了花，但却觉得奇怪，一个穷孩子怎么会得到这么好的珍珠呢?

"你从哪里弄到的这颗珍珠?"国王问道。

萨米尔把得到珍珠的经过对国王讲了一遍。

国王边听边连连点头。

"你是一个好心肠的孩子,我会好好奖赏你的。你家在哪儿?"国王问道。

"我没有家,陛下!我是一个孤儿。"萨米尔眼睛里含着泪水。

"原来是这样。既然你没有家,那你愿意留在王宫里生活吗?"国王关切地问。

萨米尔简直不敢相信自己的耳朵。

"陛下,我非常愿意!"他激动地说。

"那就好,先让守卫领你回去跟乡亲们告个别,他们会把你的一切都安排好的。"国王吩咐道。

萨米尔向国王深深鞠了一躬,心里暗暗为小牡蛎带来的好运气而兴奋不已。萨米尔回到家里,向照顾过自己的乡亲

们一一致谢、告别。

"你们将来有什么困难，就到王宫去找我！"萨米尔说。

乡亲们依依不舍地送别萨米尔，都说他是一个善良、懂得感恩的孩子。

光阴似箭，萨米尔很快长成一个英俊魁梧的小伙子，深受国王的喜爱。

萨米尔到了该成亲的年龄，国王把自己最喜爱的小公主嫁给了他。结婚那天，公主头上装饰的恰好是那颗萨米尔献给国王的珍珠。

新婚之夜，公主把头饰摘下来，放到桌上，珍珠放出美丽而奇异的光芒。

这时，新郎想起了小牡蛎。

"小牡蛎，谢谢你，这一切好运都是你带给我的。不知道你现在过得好不好？"新郎对着珍珠小声念叨着。

"不用谢！这是你的善良换来的。你和公主一定会生活得很幸福、很美满。我祝福你们！"萨米尔立刻听到一个细

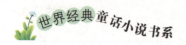

弱的声音。

"新婚之夜，你在跟谁说话呢?"公主娇嗔地责怪道。

"我在跟小牡蛎说话。它刚才祝福我们了，你听到了吗?"萨米尔幸福地说。

"原来是小牡蛎啊，真得感谢它，它可是咱们的媒人呢!"公主微笑着说。

神奇的药水

从前，有一个名叫珊珊的姑娘，母亲去世后，父亲给她找了一个后母。不久，妹妹出生了。在这个家，只有父亲疼爱珊珊，可是他常年不在家。

自懂事时起，珊珊就承担了所有的家务活，可即便这样，后母还是不满意，一不高兴就打她骂她。

一天晚饭时，后母又大发雷霆。

"饭煮成这样，还让不让人吃！你尝尝，这菜放了多少盐！"后母气势汹汹。

珊珊没有辩解，低着头一声不吭。

"她毕竟还是个孩子。"父亲发话了。

"行啦，都去吃饭吧！"后母恶狠狠地瞪了珊珊一眼。

半夜，后母悄悄来到厨房，从橱柜里取出一个纸包，精心制作了一种点心。

第二天一早，珊珊正在干活，后母端出了点心。

"孩子，你每天干活太辛苦了。来，吃点东西吧！"后母假惺惺地说。

看到后母态度和蔼，珊珊高兴极了，没有丝毫怀疑，很快就吃完了点心。不一会儿，她就感到昏昏沉沉，于是回房睡了一觉。

醒来时，天已经黑了，珊珊想起晚饭还没做，便急忙跑到厨房。

厨房很黑，只点着一根蜡烛。

"这是给你留的晚饭……天哪，我的孩子，你的头发呢？"父亲惊呼道。

珊珊摸了一下脑袋，怎么光溜溜的？她跑到镜子前一看，发现头发全没了。珊珊捂着脸号啕大哭，不顾父亲的阻拦，冲出家门。

过了很久，珊珊跑不动了，坐在一棵树下昏睡过去。

睡梦中，一位美丽的女神走过来，手里拿着一个瓶子。瓶子十分精致，散发着七彩光芒。

"孩子，不要难过！这是个魔瓶，里面装着一种神奇的药水，只要抹在头上，一切都会好起来的！"女神说着把瓶子递给珊珊。

珊珊高兴地伸出手，可一不小心将瓶子掉在了地上。她一声尖叫，惊醒过来，发现身边真的有一个瓶子！她小心翼翼地将药水抹在头上，不一会儿，一头美丽的金发便长了出来。珊珊慢慢地向森林深处走去，突然看见一座小房子，里面住着一位慈祥的老妇人。

"老妈妈，我叫珊珊，能在您这里休息一晚吗？"珊珊问道。

"当然没问题，你就叫我安格大妈吧！"老妇人笑着说。

交谈中，慈祥的安格大妈得知了珊珊的遭遇，于是收留了她。从此，珊珊和安格大妈一起采蘑菇，一起拎山泉水，同吃同住，生活得非常愉快。

珊珊走后，一直没有音讯，父亲非常担心，整天闷闷不乐。一天早晨，他遇见了一个老朋友，便将心事一股脑儿地讲了出来。

"别急，我儿子哈奇非常聪明，我可以叫他出去找珊

珊。再说了，他现在也没什么事，整天闲在家里。"朋友安慰道。

听了这些话，父亲很感动，心里也轻松了一些。他知道哈奇的为人，确实稳重能干。

哈奇听了事情经过，立刻找到朋友巴萨，他俩都认识珊珊。两个年轻人迅速踏上了寻找珊珊的路。

一天夜里，两个年轻人正在一个村子里休息，突然一伙强盗闯了进来。哈奇奋力抵抗，被强盗打成重伤，于是拜托巴萨继续找寻珊珊。

巴萨走访了许多村庄。一天，一个猎户告诉他，森林里的安格大妈收留了一个金发姑娘。

巴萨不想放过任何线索，决定去森林里走一趟。按照猎户的指引，他来到安格大妈的家，一眼就看到珊珊正站在窗前发呆。

巴萨欣喜万分，赶紧跑了过去。珊珊也认出了巴萨，连忙向他打听家里的情况。

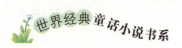

"珊珊，你走以后，你父亲焦急万分，整天愁眉苦脸。哈奇为了找你，也身负重伤！"巴萨说道。

珊珊听后，泪水夺眶而出。

珊珊非常想念父亲，决定和巴萨一起回家。

"安格大妈，多谢您这段时间的照顾，我会永远记得您的恩情！"珊珊恋恋不舍地对安格大妈说。

"孩子，快回去吧，你父亲还等着你呢，况且那个受伤的小伙子也需要人照顾。你如果想我了，可以随时来看我。"安格大妈也舍不得珊珊。

告别安格大妈，珊珊跟着巴萨走出了森林。

珊珊和巴萨很快就来到哈奇养病的村子。见面的那一刻，哈奇马上被一头金发的珊珊迷住了。

知道哈奇是为寻找自己才受的伤，珊珊十分感动。每天，她细心地为哈奇换药、做可口的饭菜，还给他唱歌。

在珊珊的精心护理下，半个月后，哈奇终于可以下地行走了，于是三个人踏上了回家的路。

　　看到女儿平安归来，而且长出了一头漂亮的金发，父亲十分高兴，脸上的愁云一扫而光。可是父亲提出回家时，珊珊怎么也不回去。

　　"那你去哪儿呢?"父亲非常疑惑。

　　"我要照顾哈奇呀！他是为我受的伤，我要一直照顾他到伤口痊愈!"珊珊指着哈奇说道。

　　"就让珊珊去我家吧，我不会让她受委屈的!"哈奇说。

　　"让珊珊去我那儿吧!"哈奇的父亲也发出了邀请。

　　从此，珊珊在哈奇家住了下来。他们两人无话不谈，相处得非常好。哈奇的父亲看在眼里，喜在心上。他和珊珊的父亲商量后，决定选择一个好日子让两个孩子成亲。

　　婚礼非常热闹，安格大妈也特意赶了过来。

　　从此，珊珊和哈奇过着幸福美满的生活。

七个西蒙

阿希德吉的国王高大英俊、心地善良，但美中不足的是，始终没有找到一个般配的新娘。

一天，他坐在宫殿里眺望大海，看到一艘大轮船驶进海港，几个商人走下船。

"这些人四处周游，一定见多识广，也许见过能与我般配的公主。"国王自言自语道。

他下令把商人带来。

"你们到过很多地方，见过或听说过有聪明漂亮、出身高贵的姑娘吗？"国王对商人说。

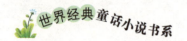

"在大海的尽头，有一个釜山国。国王的女儿海伦娜公主聪明可爱，才智更是无人能比，就连最聪明的白胡子老头都猜不出她的谜语。"最年长的商人说道。

"那里远吗?"国王高兴地问道。

"听说要在海上航行十年才能到达。一去一回需要二十年，到了那时，你和公主都已经老了，所以你不可能娶她做新娘。"商人回答说。

国王很失望，但还是表示感谢，同意他们在自己的王国里做生意，并且免去了赋税。

商人们走后，国王为了散心，派人找来猎手。一行人骑着马，吹着号角，带着猎鹰，来到一个村庄。

一片一望无际的玉米地出现在国王面前。金色玉米穗在微风中摇曳，仿佛金色的海洋泛起细浪。

"这片地种得真精心呀，如果王国里所有的玉米都种成这样，百姓们该多开心啊！我要见见这块地的主人。"国王勒住缰绳，对侍卫说道。

侍卫四处打听，在一个农舍前看见七个农夫在用餐。七个人都穿着镶嵌金边的红色衬衣，长得也几乎一模一样。

"这片金色的玉米地是谁的？"侍卫问道。

"是我们的。"七个兄弟一齐回答道。

他们被带到国王面前。

"国王陛下，我们都是您的臣民，名字都叫西蒙。我们的父亲教导我们，对待国王要真诚，对待土地要精心，对待邻居要友善。他要求我们要善待大地母亲，那样她会给我们回报的。他还教会了我们不同的手艺。"老大躬身说道。

"你们的庄稼种得很好，善良的人们，现在你们拥有了金色的收获。给我讲讲，你们每个人都有什么手艺？"国王对他们非常满意。

"我的手艺不简单，假如您给我一些工人和材料，我会替您建造一根直达云霄的通天柱。"第一个西蒙说道。

"你的手艺是什么？"国王问第二个西蒙。

"陛下，我的手艺是爬到通天柱上，观看太阳下面每个王国发生的事情。"第二个西蒙回答说。

"第三个西蒙呢?"国王兴趣盎然。

"陛下,我能造出一条神奇的小船!我造的船看似简陋,但别的船要花上一年才能走完的航程,它在一天就能完成。"第三个西蒙回答说。

"第四个西蒙是学什么的?"国王越来越感兴趣了。

"陛下，我能将船沉入海底，再把船提出水面。"第四个西蒙说。

"这个手艺也很有趣，那第五个西蒙呢？"国王继续问。

"陛下，我能造一支弩。无论是天空中的老鹰，还是森林里的野兽，我都能轻松地射中它。"第五个西蒙回答说。

"这听起来倒是很有用。下面该老六介绍自己的手艺了。"国王没有要停下来的意思。

"陛下，我的手艺很简单，不值一提。如果我的哥哥射中了动物，我能快速地取回猎物；如果猎物掉进水里，我能从最深的水里把它捞出来；如果它掉进黑暗的森林中，即使在半夜我也能找到它。"第六个西蒙回答说。

"善良的人们，你们的父亲教会你们的这些手艺，真是了不起。现在跟我回城去，我要亲眼看看你们的手艺。"国王非常满意。

"愿意听从国王的安排。"兄弟们鞠躬说道。

"你为什么不说话，你有什么手艺？"国王突然想起来还

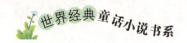

有个西蒙没说话。

"陛下，我没有什么手艺，只会一点儿小技巧，但是这种技巧不能表演给别人看。"第七个西蒙回答说。

"别拐弯抹角啦，快告诉我你到底会什么！"国王有些等不及了。

"陛下，首先请您下道命令，听完之后不杀我，我才敢讲。"第七个西蒙说道。

"好，就赦你无罪。"国王下了命令。

"陛下，我的手艺是偷盗，这在您的国土上是要被杀头的。无论多么深的地窖，即使是锁上门，施了魔法，也无法阻止我……"第七个西蒙回答说。

"住嘴！你这个恶棍，我要把你关进最深的地牢里。我真想现在就处死你！"国王勃然大怒。

"陛下，虽然我有这个本事，但我从来没有这么做过。我并没有您想象的那么坏，否则王宫早就被我偷空了。是您一定要问我的，如果杀了我，您就说话不算数了。"第七个西蒙辩解道。

"好吧，我不杀你，但从现在起，你将被关进牢里。卫兵，把他带出去关起来！剩下的六个西蒙跟着我，你们会得到我的恩惠。"国王做出了决定。

于是，六个西蒙跟随了国王，而第七个西蒙被卫兵锁上铁链，扔进了大牢，每天只给一点儿面包和水。

一天，国王给第一个西蒙派去了木匠、泥瓦匠、铁匠，还拉去了各种建筑材料，让他造一根高大的通天柱。

第二个西蒙爬上通天柱，看到、听见了各个王国发生的事情：一个国王正在率军攻击另一个国王，一个地方正在举行盛大的欢庆会，一个国家正在遭受饥荒和死亡的威胁……

第三个西蒙伸出手臂，只用了三下，一艘奇特的小船就造好了。小船平稳地行驶在海面上。

第四个西蒙轻松抓起船头，小船立刻沉入海底。过了一个多小时，他又将小船轻轻提出水面。小船在急速行驶的时候，他还顺手从深海里抓起一条大鱼，为国王的餐桌上添加

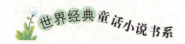
了一道美味。

等国王从港口回来，第五个西蒙已经造好了魔弩。

国王来到一片旷野，仰望天空，看见很远的地方有一只雄鹰正在朝太阳飞去。

"如果你能射中那只雄鹰，我就重重地奖赏你。"国王说道。

第五个西蒙微微一笑，抓起魔弩，射落了雄鹰。

第六个西蒙飞奔过去，赶在雄鹰落地之前一手抓住，送

到国王面前。

"勇敢的小伙子们,你们都将得到丰厚的奖赏。现在你们该休息了,吃饭去吧!"国王高兴地说道。

六个西蒙还没来得及吃饭,就又被侍卫带着去见国王了。国王正被大臣们团团围着。

"西蒙,赶快爬上通天柱。我听说在大海的尽头,有一个釜山国,国王的女儿是海伦娜公主。"一看到他们,国王立刻发出命令。

"陛下,我在很远的地方发现了釜山国。国王是一个暴君,骄横残忍。"

"釜山国有强大的军队吗?那个王国离这里很远吗?"国王问道。

"即使天气好,也要花上十年的时间才能到达那里;如果遇上风浪,可能就要十二年。他的军队正在接受检阅,有十万步兵、十万骑士,另外还有一支强大的卫队和许多弓弩手。他们都是精挑细选的勇士,正在养精蓄锐,随时准备投

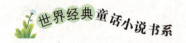

入战斗。"第二个西蒙回答说。

"我决定迎娶海伦娜公主，现在应该怎么办?"国王沉思片刻，最后向贵族和大臣们征求意见。

贵族和大臣们面面相觑。

"陛下，想去釜山国其实很简单。乘坐我的小船，不用十年，十天就够。但还是要请各位聪明的大臣拿个主意，是好言向公主求婚，还是发动战争抢回公主?"第三个西蒙站出来说道。

平时只会耍些小聪明的大臣们仍然保持沉默，国王气得暴跳如雷。

"其实还真有一个不错的办法。既然有了这条宝船，几天就能到达釜山国，那为什么不派第七个西蒙去呢? 让他偷回漂亮的公主，就算是釜山国想与我们开战，没有十年时间他们也来不了啊!"一个大臣挤到前面说道。

"这主意太棒了，我会重重赏赐你的! 卫兵，快去把第七个西蒙从牢里带上来!"国王转忧为喜。

不一会儿，第七个西蒙就被带到了国王面前。他看上去面黄肌瘦，衣服破烂不堪。

"现在我要求你用自己的技能，做一件对我很有意义的事情，你是否愿意？"国王问道。

第七个西蒙自然是满口答应。国王按照第七个西蒙的要求，在那条奇特的小船上装满奇珍异宝。两个西蒙留在国王身边，其余五个西蒙踏上小船，闪电般地消失了。

十天后，他们抵达釜山岛。海岸上戒备森严。

"停止前进，抛锚！你们是谁？从哪里来？想要干什么？"远处传来哨兵的叫喊声。

"我们从伟大的阿希德吉国王那里来，带来了华丽的锦缎、地毯和昂贵的钻石。我们希望交给你们的国王和公主。"第七个西蒙回答道。

兄弟五个最后被带到了公主面前。

"我们是从阿希德吉国王那里来的，带来了很多礼物。如果国王和公主喜欢，我们会感到非常荣幸。"第七个西蒙

告诉公主。

五颜六色的绫罗绸缎和精美的珠宝、钻石立刻把公主迷住了。她很惊讶，不停地抚摸着华美的绸缎和发光的钻石。

"最美丽的公主，这些东西只配给您的仆人们穿戴，我们船上还有更好的宝物。如果有幸能请您到船上去看看，您一定会挑选出更好的东西。"第七个西蒙说道。

第七个西蒙的话让公主非常开心。

"亲爱的父王，来了几个商人，他们带了许多华美的物品。请允许我到他们的船上去，挑选几件我喜欢的东西。"公主对国王说道。

国王想了又想，最后同意了。他下令派出宫廷快艇，外加一百名弓弩手、一百名骑士和一千名士兵保护公主。

快艇带着公主和护卫出发了，西蒙兄弟在前面带路。

公主跨过水晶跳板，来到西蒙兄弟的小船上。

第七个西蒙摊开华美的物品，一一为公主讲解。公主立刻被迷住了。这时，第四个西蒙已经抓住船头，将小船沉入

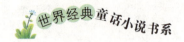

海底，消失在士兵面前。

快艇上的护卫们不知所措，耷拉着脑袋，说不出话来，最后只好把快艇驶回港口，向国王报告。

"噢，我觉得天下没人能配上你，所以才一直把你留在身边。可现在你落入了海底，留下我孤单一人。我终于为自己的骄横而受到了惩罚。"国王伤心地说道。

所有护卫公主的士兵都被送进了监狱，国王打算用一个最解气的方法处死他们。

西蒙兄弟的小船此刻正像鱼儿一样在海底潜行。在彻底看不见釜山国的时候，第四个西蒙将小船提出了水面。着迷的公主这时才回过神儿来。

公主登上甲板，发现小船已经远远地驶离了自己的王国。公主搓着双手，捶打着胸膛，立刻变成了一只白色的天鹅，向天空飞去。第五个西蒙举弓把天鹅射下来。没等天鹅掉进水里，第六个西蒙便把它伸手接住。天鹅又变成了一条银色的小鱼儿，想钻进水里。第六个西蒙又一把抓住它。银

色的小鱼儿马上又变成了一只老鼠，在船上乱窜，想要钻进洞里。第六个西蒙比猫还快地向它扑去。小老鼠重新变成了美丽的公主。

阿希德吉国王坐在窗前，茶饭不思，凝视着大海，希望能快点儿见到美丽的公主。突然，他看见一只奇特的小船在浪尖飞驰！公主从水晶跳板上走下来，像太阳一样光彩照人。国王跳起身，冲出去，牵住公主的手。公主被国王英俊的外表和深情的举止打动了，答应嫁给他。不久，国王就派使者送信给釜山国王，向他致歉。

釜山国王读了信之后，就下令把骑士和士兵都释放了。他盛情款待了阿希德吉国的使者，并向女儿转达了祝福。

阿希德吉国王赏赐了七兄弟，七兄弟没有接受国王丰厚的赏赐，只是请求赦免第七个西蒙，并免去他们土地的税赋。国王同意了他们的要求，并邀请他们参加了盛大的婚宴。西蒙七兄弟的故事很快流传到了地球上的每一个角落！

大草原上的小房子

在罗拉的小妹妹卡里还是婴孩儿的时候，他们一家便要离开美国威斯康星州的大森林，搬到别的地方去居住了。罗拉的爸爸说这是因为大森林里住的人太多了。没错儿，罗拉家门前的小路已经变成了大路，总是有人来来往往。罗拉和妹妹玛丽每天都能看到有马车在门口驶过。

爸爸不愿意在这样的环境中生活，他喜欢看到在森林里吃草的小鹿，喜欢看到吃草莓的懒熊。在冬天就要过去的时候，爸爸对妈妈说："我们把房子卖掉，去西部开始新的生活吧！"

爸爸妈妈带着罗拉、玛丽、婴儿卡里，还有他们的猎狗杰克，套上马车向西部进发了。

路上，他们遇到了一个黑瘦的人，爸爸和他换了两匹黑色的矮种马。罗拉和玛丽分别给小马起了名字——柏第和贝德。猎狗杰克一直跟着马车跑，连爪子都跑疼了。

马车载着罗拉一家人来到河边，河水很深，爸爸有些担心他们的马车过不去。玛丽在车上吓得一动不动，罗拉却很兴奋，她喜欢看飞溅的水花，喜欢听流水声。

"你们躺在马车里不要动，我们就要渡河了！"妈妈说。

很快，罗拉就听见了哗啦啦的流水声，马车开始渡河了。走到河中央，一股水流猛地冲过来，马车变得东摇西晃，玛丽害怕极了。好在有爸爸，只要爸爸在，一切困难都会迎刃而解。

终于到了对岸。这时，罗拉发现杰克不见了，他们只顾着过河，却忘记了杰克。

马车载着一家人来到一片大草原上，爸爸像往常一样安营扎寨。吃饭的时候，爸爸说："这里的土地很肥沃，有树木、河流，还有好多小动物，也许我们应该在这儿停下来，明天我再去周围看看。"

吃完晚饭，大家都忙着收拾东西，然后睡觉。可是就在这时，黑暗的大草原上传来了嚎叫声。大家都知道那是狼在嚎叫。

爸爸听到狼嚎后说："这狼大约离我们只有半英里远。要是……"

罗拉知道爸爸是希望杰克在这儿。很快，罗拉就看到黑暗中有两道绿色的光在晃动，那是一双眼睛。

"爸爸，快瞧！是一条狼！"罗拉喊道。

"这不大可能是狼，狼是不会轻易靠近人的，除非它疯了。"爸爸说。

事实证明爸爸说得对，这双眼睛的确不是狼的，而是杰克的，他们的好朋友杰克回来了！

第二天早晨起来，罗拉终于有机会好好看看这片大草原了。它真的是辽阔啊，一阵风吹过，绿草像波浪一样翻滚。天空蓝蓝的，鸟儿们欢快地歌唱，多么美丽的景色。罗拉、玛丽和妈妈吃过早饭，便去收拾营地。很快，这里就被收拾得干干净净了。

罗拉和玛丽在附近玩耍，发现了一只小金花鼠，这是一种漂亮可爱的小动物。她们想抓住它送给妈妈，可是这只小家伙太难抓了。罗拉和玛丽只好把礼物换成了一朵野花，妈

妈也很喜欢。

太阳快要下山了，爸爸从大草原上走来，手里拎着一只肥硕的野兔和两只松鸡。晚餐非常丰盛，大家都吃得津津有味。吃完饭，爸爸拉起了小提琴，罗拉、玛丽在爸爸的琴声中，慢慢地睡去。

新的一天开始了，罗拉一家继续赶路。

到了中午，爸爸拉住了马车说道："好了，我们就在这儿盖房子吧！"

从这里望去，东边有一条河流。

大家开始建造房子。傍晚，爸爸拉着一车圆木回来了。罗拉想起爸爸曾经对她说过，搬家后就可以看到印第安小孩儿，于是就问爸爸什么时候才能看到印第安小孩儿。爸爸告诉罗拉，他也不知道，但总有一天会看到的。

爸爸和妈妈每天都在忙着建造住房和牲口圈。有一天，爸爸带回来一个好消息，原来在离他们房子只有两英里的地方还住着一个人，他叫爱德华，是个单身汉，并且也要盖房

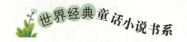

子。爸爸和他说好互相帮忙。

在爱德华先生的帮助下，房子很快就盖好了，晚上大家一起庆祝，又唱又跳，真是个美好的夜晚啊！

房子盖好了，尽管里面的设施还不齐全，但罗拉一家还是准备从帐篷里搬进去，因为这会让大家觉得安全些。吃午饭的时候，屋子已经被妈妈和女孩子们收拾得干干净净。

爸爸看了看房子说："这里还需要一个壁炉，还要有床和桌椅，不过这些都要等帮爱德华先生盖好房子后再说。"

当天晚上，罗拉一家搬进了新房子，不用再睡营火旁的帐篷了。爸爸和妈妈在聊天，妈妈希望能够给威斯康星州的亲人们写封信，告诉他们自己的近况，可是这里距离镇上的邮局太远了，只好打消了这个念头。

罗拉在半梦半醒中听到了狼嚎声，可是还没来得及害怕就又睡着了。

爸爸和爱德华先生用了一天的时间，盖好了马厩。这样，爸爸就不用再担心草原上狼的威胁，晚上也可以睡个好觉了。

早晨，罗拉惊讶地发现，贝德的身边多了一匹可爱的小马驹。她和玛丽为这个长耳朵的小马驹起了个名字，叫彭尼。星期天上午，爸爸骑着柏第去草原深处勘察，家里还有很多猎物，就没带枪。傍晚爸爸还没回来，罗拉发现杰克显得烦躁不安。突然，罗拉和妈妈看到了柏第的身影，爸爸伏在它的背上。

"你这是怎么了？"妈妈问。

"我遇到了一群狼，大约有五十只。我没有带枪，又害怕它们会跟过来。"爸爸回答说。

爸爸说在不远处又发现几户新邻居，人都很好，就和他们聊了一会儿，耽误了回家的时间，后来就遇见了狼。

想起这事儿，爸爸还心有余悸："就算我带了枪也没用，狼太多了，我只有赶快跑。但愿它们不会跟到这儿！"

晚上，爸爸担心的事还是发生了，狼群围住了小房子。

早晨起来的时候，爸爸告诉大家，狼群去追鹿了。为了

防止狼群再回来，爸爸准备做一扇坚固的门。为了尽快完工，罗拉也在旁边帮忙。爸爸做的门很复杂，但非常结实。

"真是一扇好门！今天的活干得又快又好，这都是因为我有了一个好帮手！"爸爸抱起罗拉说。

爸爸又在开始准备材料建造壁炉。

出发的时候，爸爸对罗拉和玛丽喊道："女孩子们，要一起去看看大草原吗？"

在得到了妈妈的允许后，罗拉和玛丽坐上了爸爸的马车，一起出发了。

一路上，她们见到了最美丽的风景，绿色的草地上开满了各种颜色的小花，蝴蝶到处飞舞，时而还会有一只白色的小野兔一闪而过。

到了目的地，爸爸告诉两个孩子可以去玩儿一会儿，但不能到水里去，里面有蛇。

很快，爸爸装好了石块，他们可以回家了。

壁炉终于造好了，妈妈生起火，烤了一只松鸡作为晚饭。大家吃得津津有味，壁炉里的火焰熊熊燃烧。

除了小卡里，罗拉一家每天都会很忙，女孩子们洗盘子、铺床，爸爸、妈妈则忙着修屋顶。之前的房子没有正式的顶，只蒙了一块篷布，所以在晚上睡觉的时候，大家可以透过缝隙瞭望星空，还会有风刮进来。

为了能够尽快盖好房顶，爸爸每天都去拉圆木，然后把木头锯成木板。邻居爱德华先生借给我们一些钉子，爸爸用这些钉子很快就把房顶盖好了。

妈妈高兴地对他说："亲爱的，头上有个好屋顶真是棒极了！"

"将来还会有更多的家具，我要把咱们的家弄得好好的。"爸爸回答道。

盖好了房顶，爸爸又去拉圆木来做地板。他把圆木劈成薄片，然后刨光，一块一块地安装好。没几天，既牢固又光滑的地板就安装好了。房子在爸爸妈妈的努力下，变得越来越舒适了。

早晨，爸爸出去打猎，把杰克留下来保护家人，并嘱咐罗拉不要放开它。杰克因为没能去打猎显得很不开心。为了安慰它，罗拉过来和它聊天。可是，当罗拉正说得起劲儿时，杰克突然发出了吼声，眼睛也变红了。罗拉顺着它的目光看去，只见两个几乎赤裸的野人从小路上走来。

两个人又高又瘦，皮肤是棕红色的，头上插着羽毛，朝房子走过来。

"玛丽，你瞧！"罗拉喊道。

"是印第安人！妈妈和卡里还在屋子里！"玛丽小声说。

罗拉很担心妈妈和小卡里，于是打开锁着杰克的铁链，拉着杰克躲在门后。两个印第安人站在屋子里，妈妈在烤着玉米面面包。

面包烤好后，两个印第安人一片接一片地吃起来，然后就走了。站在屋子里的妈妈长吁了一口气，罗拉跑过去抱住妈妈，妈妈也紧紧地搂住她和玛丽，当然还有小卡里。

看到妈妈的身体一直在颤抖，玛丽问道："妈妈，您病了吗？"

"不，宝贝儿。谢天谢地，他们终于走了。"妈妈说。

妈妈称赞罗拉和玛丽都是勇敢的女孩子。

中午，爸爸回来了，听到这件事吓了一跳。他说大家做得对，不能和印第安人起冲突。当听说罗拉放廾了杰克时，他说幸亏罗拉控制着杰克，没有让它去咬那两个印第安人。

"千万别去招惹那些印第安人！一定要牢牢记住，这对

你们有好处!"爸爸嘱咐她们说。

爸爸做了一张大床,妈妈铺上草垫。草垫被阳光晒得暖暖的,散发出干草的香气。妈妈又铺上了一条床单,放上一对雁毛枕头,一张漂亮的大床就弄好了。这张漂亮的大床使整个屋子都焕然一新。爸爸说很快就会给罗拉和玛丽做两张同样漂亮的小床,不过应该先挖一口井。这样,大家就有水用了。

说干就干,爸爸开始挖井,挖到一定深度,又找来了帮手——斯格特先生。斯格特先生也是我们的邻居,住在大草原的一个小谷地里。

罗拉第一次看到斯格特先生就喜欢上了他。他和爸爸一起把井挖好,中间发生了一些可怕的事情,好在都有惊无险。看着井里的水,罗拉很高兴,尝了一口,又清凉又甘甜! 一天傍晚,罗拉听到了 种奇怪的声音,爸爸告诉她那是牛群奔跑的声音。第二天早晨,爸爸帮助两个牛仔把牛赶出峡谷,他们送给了爸爸一头母牛和一头小牛犊作为回报。

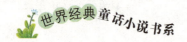

这下，连小卡里都开心地大笑起来。

爸爸之前根本没有挤过牛奶，刚一动手就被母牛踢了个仰面朝天。不过，爸爸很快便征服了它，让小卡里喝到了牛奶。夏天来了，爸爸带着罗拉和玛丽，还有杰克去察看印第安人以前的营地。印第安人的营地在谷地里，女孩子们很快便在这个被遗弃的营地里发现了好东西——各种颜色的珠子。她们捡了好多回家，给小卡里做了一串漂亮的项链。

黑莓成熟了，罗拉每天都和妈妈去摘黑莓，玛丽则留在家里看着小卡里。可是有一天，罗拉和玛丽同时病了，浑身疲惫发冷，高烧不退。

"我也觉得不太舒服，先是发热，然后又冷，浑身疼痛，你们也是这样吗？"爸爸问罗拉和玛丽。

她们告诉爸爸也是这样。更可怕的是，妈妈也病倒了。

罗拉恍惚中听到一个声音在说："喝下这个，你就会好的。"

罗拉睁开眼睛，看见一个胖女人站在床前。

"您是谁？"罗拉好奇地问。

"我是斯格特太太。"胖女人笑着回答说。

喝了药，罗拉觉得好多了，斯格特太太又去照顾爸爸、妈妈和玛丽吃药。

斯格特太太告诉大家，最近有很多人都得了这种冷热病。有一次，罗拉一家人都晕倒在屋子里，幸亏一位给印第安人治病的唐大夫路过这里，一家人才躲过一劫。

"这种病是吃西瓜得的。"斯格特太太说。

服了药，大家的病情开始好转。爸爸刚好一些就又忙了起来。

第二天，爸爸一早就出门了，回来时抱着一个大西瓜。妈妈不让大家吃，但爸爸不信，坚持吃了西瓜。果然，他又开始发烧了。可是没吃西瓜的妈妈也在发烧。

其实所谓的冷热病就是疟疾，是因蚊子叮咬得的，跟吃西瓜没关系。

秋天来了，大草原变成了黄色。爸爸开始准备干草过冬。一天下午，风很大，天气也冷起来。妈妈叫回了在外面玩的罗拉和玛丽，生起了炉火。

罗拉听到烟囱里发出一种奇怪的声音，把小卡里交给玛丽，然后跑出去看。原来是烟囱着火了。看着火势在不断蔓延，罗拉不知所措。好在妈妈有办法，麻利地将火扑灭。

"罗拉，你的手烧伤了？"妈妈问。

"妈妈，我怕烧到玛丽和卡里，更怕我们的房子被烧没了。"罗拉哭着说。

刚才她为抢救妈妈的椅子把手烧伤了，妈妈夸奖罗拉是个勇敢的好姑娘！

爸爸决定去镇上买些东西，大概要四天才能回来。爸爸走后，杰克明白保护家里的任务就落在它的身上了，因此显得有些烦躁。

妈妈挤牛奶时，听见有人叫喊："快叫走你们的狗啊！"

原来，是帮他们盖房子的老邻居爱德华先生来了。他跑到木柴堆上，杰克也爬了上去。

"它要把我追到树上了！"爱德华先生边说边退到了木柴堆后面。

原来是爸爸临行前请爱德华先生帮忙照看一下家里。这位好心的先生也真的每天都来帮忙干些零活儿。

一天下午，斯格特太太来串门，和妈妈聊起了关于印第安人的事儿。

晚上，天气更冷了，风也很大。罗拉想起了爸爸，不知道这么冷的天他会睡在哪里。

第二天傍晚，爱德华先生又来帮忙干活儿。他告诉妈妈，印第安人来这附近安营扎寨了，还说如果妈妈和女孩子们害怕，他可以睡在马厩里保护她们。妈妈对他表示感谢，但拒绝了。

罗拉思念着爸爸，在不知不觉中睡着了。睡梦中，她听到了一阵熟悉的歌声，那是爸爸的声音。她睁开眼睛，果然是爸爸站在炉火旁。

爸爸给大家讲起去镇上的经历："我去的时候，镇上下着雨。回来的时候，天气太冷，车轮冻住了，马儿也太累了，我以为回不来了。"

妈妈一边听爸爸说话，一边看爸爸带回来的东西。她最喜欢的一件就是一块玻璃。以后他们就有玻璃窗了，阳光可以从窗外照进来，风却可以被挡在外面。

大风刮了三天才停下来，天气暖和了一些，但已经能感觉到秋天的气息。

最近，经常有印第安人骑马从门前经过。他们都是瘦瘦的，赤膊，眼睛闪闪发光。爸爸看到后有些后悔。他本来以为门前的小路是印第安人废弃的，不然绝不会把房子盖在这儿。杰克很讨厌印第安人，一见到他们就想扑上去。

一天，家里来了一个印第安人。他只是木然地坐着，午饭好了，就和大家一起吃午饭。吃完饭，他才开始说话，可是没人能听得懂。他又坐了一会儿，便离开了。

爸爸觉得这个印第安人还是很友好的，认为只要管住杰克，就不会出什么事。

第二天早晨，杰克站在小路上，冲着一个印第安人狂叫。看到爸爸出来，印第安人便举枪瞄准了杰克。爸爸赶紧跑过去用铁链拴上杰克。这下杰克更火了，在它的意识中那条小路就应该是它的，而不是那些印第安人的。

冬天终于来了。有一天，爸爸出去打猎，杰克被铁链牢牢地锁住。两个印第安人肆无忌惮地进了屋，拿走了好多食物和动物毛皮，妈妈和女孩子们只能眼巴巴地看着，却没法阻止。

爸爸回来了，觉得印第安人没伤人已经再好不过了。爸爸告诉罗拉，政府叫这些印第安人搬离自己的家园，到更远的西部去。罗拉觉得，将要离开自己家园的印第安人，有这样的举动，也属正常。

天气一天比一天冷，女孩子们只好待在家里。好在有透明的玻璃窗，她们可以在暖和的房子里看到外面的景象。她们现在一心想着能够下雪，因为圣诞节就要到了，如果没有

雪，圣诞老人和他的麋鹿怎么来呀！

转眼间，离圣诞节只有一天了。这天早晨，竟然下起了雨，女孩子们认为，圣诞老人肯定不会来了。中午的时候，天开始放晴，不过因为下雨，河水暴涨。

晚上睡觉的时候，女孩子们情绪非常低落，这将是一个没有圣诞老人的圣诞节。

可妈妈还是挂上了长袜子："说不定会有奇迹发生。"

罗拉在半梦半醒中听到了杰克的叫声，紧接着是爸爸的嚷嚷声："爱德华，这太冒险了！不过还是非常欢迎你来。"

"女孩子们总要有礼物才算是过圣诞节啊！我去镇上给她们买了礼物，即使河水上涨我也得来！"爱德华先生回答。

"天啊，您看到圣诞老人了？"罗拉从床上爬起来问。

"当然了，亲爱的。"爱德华先生笑着说，然后将礼物放进姑娘们的长袜子里。

很快，玛丽也醒了。爱德华先生把遇到圣诞老人的经过详细讲给女孩子们听。

女孩子们从长袜子里摸到了礼物：一个亮晶晶的马口铁杯子，一些漂亮的棒棒糖和鸡心饼，还有闪闪发光的一便士硬币。

不仅如此，爱德华先生还带来了甘薯。看着这些圣诞礼物，大家都觉得这真是一个快乐的圣诞节。

白天变得越来越短，开始下雪了，大家每天都能听到狂风的呼啸声。一天夜里，他们听到风声里夹杂着一种非常可怕的声音。

爸爸从床上跳起来说："是女人的呼叫，声音是从斯格特家传来的，也许是她病了。"

"天啊，该不会是……"妈妈低声地说。

"不会的。印第安人一直都很友好，应该不是他们制造麻烦。"爸爸说完，拿着枪出去了。

罗拉透过门缝看到外面一片漆黑，觉得有些害怕。

玛丽也醒了，悄悄地对罗拉说："真希望爸爸能够马上回来。"

过了一会儿，大家都没有睡着，那个可怕的叫声再次传来。妈妈连忙穿好衣服，想出去看看。

就在这时，一阵猛烈的敲门声传来，紧接着是爸爸的喊声："快开门，让我进去！"

妈妈赶紧打开了门。

爸爸进屋后仍惊魂未定："吓死我了，是一只豹子！"

原来，爸爸在斯格特家并没有发现什么异样，于是就往回赶。可是在路上，他再次听到了叫声，声音来自树上，原来是一头豹子在咆哮！爸爸当时吓坏了，撒腿就往家里跑。

"爸爸，豹子追你了吗？"罗拉惊恐地问。

"不知道，罗拉，我没敢往后看。"爸爸回答说。

第二天一早，爸爸拿着枪出去打豹子。他发现了豹子的脚印，可是没找到它的踪影。真是太危险了，爸爸觉得只有打死豹子才能安心。不过有一天，在爸爸继续寻找豹子的时候，遇见了一个印第安人，那个人说他已经打死了那只豹子。

　　漫长的冬日终于结束，春天来了，风也变得柔和起来。爸爸又去镇上待了四天，家里的人都非常惦记他。罗拉和玛丽一边在外面玩，一边等着爸爸回来。突然，她们听到了一种奇怪的声音。

　　"什么声？"玛丽问。

　　"是印第安人！"罗拉回答道。

　　妈妈也听到了这种声音，把女孩子们叫回了屋子里。

　　晚饭的时候，爸爸驾着马车回来，带回了很多东西。罗拉和玛丽高兴极了。

　　"爸爸，你听，是印第安人，他们为什么这样吵闹啊？"罗拉问道。

　　"因为他们在开宴会。"爸爸告诉罗拉。

　　爸爸带回来很多大家想要的东西：一块花布、漂亮的梳子、咸饼干，等等，大家都高兴得合不拢嘴。一家人吃了一顿非常丰盛的晚餐。爸爸告诉大家，镇上的人说，政府要求白人搬离印第安人的领土。妈妈觉得费了这么多心血才建立

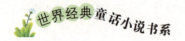

起来的家园，搬走太可惜了。

听到爸爸妈妈的谈话，罗拉躺在床上半天都睡不着。难道政府真的要他们搬家，离开这幢刚刚建好的小房子吗？和妈妈一样，罗拉也不想离开这里，她就这样在床上翻来覆去地想着。

风终于停了，罗拉又听到从印第安人营地传来的吵闹声，声音越来越大，怎么睡啊！

现在总有大量的印第安人出现，他们的枪声时不时地传出来，还会有印第安人来到罗拉他们的小房子，有的很友好，有的很粗暴无礼。妈妈很怕他们，所以他们要什么妈妈就给什么，而他们大都是来要食物和烟草的。罗拉和玛丽因为见得多了，已经不怕印第安人了。

一天，罗拉和玛丽正在帮妈妈做饭，小卡里自己在地板上玩耍，忽然阳光不见了。

"一定是暴风雨来了。"妈妈说。

可是，事实是大草原起火了。爸爸骑着马回来，叫大家快拿水桶打满水。妈妈跑到井边，罗拉赶去帮忙，要知道大草原着火可不是闹着玩儿的！

火越烧越大，一只只小兔子从草丛里窜出来，在人的身边跳过，已经不害怕人了。

"姑娘们，快到屋里去！"妈妈对着罗拉和玛丽喊道，然后和爸爸拎着水桶去起火的地方了。

爸爸妈妈把烧到屋子周围的火控制住了，不过还在和大火不断地斗争着。面对大火，罗拉和玛丽都吓得直打哆嗦，还从没见过这么大的火呢！她们被烟雾呛得几乎睁不开眼睛，甚至连呼吸都很困难。

在爸爸和妈妈的努力下，大火终于被扑灭了。空气中散发着一股烧焦的味道，这场大火差点就烧毁了罗拉的家。

当天夜里，爱德华先生和斯格特先生来看望罗拉一家。他们都认为火应该是印第安人放的，目的是为了烧死住在这儿的白人们。但爸爸觉得不是这样。

第二天，爸爸照常去犁地，被火烧过的草原反而使爸爸的工作更方便了。从印第安人营地那边传来的喧哗声越来越大，爸爸告诉大家晚上不能到外面去，当然，也不再有印第安人来到小房子了。

一天夜里，罗拉听见印第安人的叫声震耳欲聋，而爸爸则给他的枪装上了子弹。

"也许随时会有危险。"罗拉想。

玛丽因为害怕已经不在草原上玩儿了，只是待在屋子

里，罗拉只好一个人在外面玩儿。

爱德华先生和斯格特先生也带着枪来找爸爸聊天，他们想要搞围桩，不过爸爸觉得这是一个糊涂的想法。

杰克的脾气更加暴躁了，尤其是到了晚上，因为印第安人的鼓声在晚上特别响亮。

半夜里，罗拉被可怕的声音惊醒。她紧紧地抱住了妈妈，还看到爸爸的枪已经在手上了。

罗拉尖声喊道："这是怎么了？爸爸，这是什么声音啊？"

印第安人的呐喊声让罗拉浑身发抖。

"印第安人在喊战，罗拉，不要怕。"爸爸告诉她，印第安人议论战争时都是这样一边跳舞，一边呐喊的。

印第安人的这种喊战吓坏了三个孩子，她们都紧紧地依偎在妈妈身边，好像这样才能安全些。可怕的夜晚持续了很多天。

有一天，爸爸带回来一个消息，原来在这里的印第安人有着几个部落，他们在商议着对白人进行屠杀，但有一个叫奥萨奇的部落并不同意这样做，于是他们在一起喊战，最后奥萨奇部落赢了这次讨论，白人们得救了。

喊战结束后，大草原又恢复了安静，晚上终于能够好好地睡觉了。

早晨，当爸爸准备出门的时候，忽然喊大家出来："快来看啊，大家快过来。"

罗拉第一个跑出去，看到了一群印第安人正过来。这让她大吃一惊。爸爸告诉她走在最前面的就是奥萨奇部落的酋长，就是这个人阻止了一场大屠杀。那个印第安人酋长的身上挂满了珠子，骑着一匹小黑马。罗拉看着他的脸，那张脸充满了自豪，但毫无表情。他的后面跟着很多的印第安人，开始都是男人，后来便是妇女和儿童了。罗拉看到那些小印第安人都光着身子，骑着漂亮的小马，黑黑的眼睛里闪耀着快乐的光。

罗拉看着看着，忽然希望自己也能像印第安女孩儿一样，在阳光下骑着一匹快乐的小马。

那些印第安女人们也都骑着马，她们中有很多人在马上挂着篓子，而这些篓子里面放的都是小孩儿。罗拉看到一个小孩儿的小脑袋露了出来，他的头发是那样的黑，眼睛也是那样的黑，黑得就像没有星星和月亮的夜晚。

"爸爸，我想要那个印第安小孩儿！"罗拉说。

"别胡说，罗拉！"爸爸很严厉地说。

"可是我就想要那个小孩儿！"罗拉竟然哭起来。

是的，她太喜欢那个小孩儿了。

为了转移罗拉的注意力，爸爸只好说："快看啊，罗拉，好多印第安人！"

真的有很多的印第安人从门口经过，罗拉一家都忘记了吃午饭，就这么一直看着他们从门口经过。

渐渐地，印第安人走远了，罗拉觉得很失落，因为没能得到那个可爱的印第安小孩儿。

印第安人走了之后，大草原变得异常宁静。绿草似乎在一夜之间都长了出来，早晨妈妈开门的时候，发现大草原又

恢复了绿色。

爸爸和妈妈每天都忙着种地，菜园里庄稼都开始发芽了，用不了多久，就会有很多新鲜美味的蔬菜可以吃了。

可是一天早晨，罗拉听到了爸爸洪亮的声音，这声音里还带着些恼火。爸爸身后跟着爱德华先生和斯格特先生，他们在讨论政府让白人搬走的事。这真是一个坏消息，爸爸很不愿意搬离这里，但更不希望被政府的士兵撵走，所以决定现在就搬走。爱德华先生也同意爸爸的观点，决定和爸爸一起走。

"爱德华，我们一起搬到镇上去吧！"爸爸说，他很喜欢这个好邻居。

可惜爱德华先生想要造一只船去更远的南方，要去开辟新的地方。爸爸试图说服他，可是爱德华先生主意已定。爸爸还告诉斯格特先生，叫他牵走家里的母牛和小牛犊。

罗拉听到了他们的话，不愿意相信这是真的，不过爱德华先生已经向大家告别了，而且爸爸也已经开始准备搬家

了。这天中午，罗拉一家吃了美味的土豆，这些土豆原本是要用来做种子的，现在也用不上了。

午饭过后，爸爸已经开始套车，并为马车装上框架了，这就意味着一家人又要踏上新的旅程了。

第二天吃过早饭，爸爸和妈妈就把昨天都已经收拾好的行李装上了马车。马车被爸爸妈妈布置得舒适、方便，晚上还能美美地睡觉。一切都布置好了，罗拉、玛丽还有小卡里都上了马车，他们就要出发了。

爸爸套好了车，妈妈拿着缰绳，罗拉忽然想要看看小房子。身后的房子还像平时一样，还不知道自己将会被遗弃呢！爸爸看了看床架，又看了看壁橱和那块玻璃窗，好像都是老朋友一样。

"会有人需要这里的，他们会住进来。"爸爸说完便跳上马车，从妈妈手中接过缰绳，赶着马车出发了。

马车的车篷被风吹得微微作响，小木屋被孤单地留在身后，一切都显得那样的伤感。

一路上，罗拉和玛丽坐在马车里几乎要睡着了，不过很快就被爸爸的声音惊醒："那边好像出乱子了！"

罗拉顺着爸爸指的方向看到了一辆马车，不过车上并没有套着马，车的辕杆上坐着一男一女。原来他们的马在夜里被偷了，而他们的全部家当都在车上，所以他们只能守着车，不能去追偷马贼。

爸爸认为他们一定是没出过门的人，居然没带狗就出门，马是一定会被偷走的。没什么可以帮助他们，爸爸驾着马车继续赶路了。

晚上的时候，大家开始宿营。吃完晚饭，爸爸坐在营火旁，为大家唱歌。他的歌轻快动听，在辽阔的草原上回荡着，头顶是灿烂的星空，风儿轻轻地和着爸爸的歌声。罗拉在这样美好的夜晚沉沉地睡去，梦中，她和家人在茫茫的草原上，一边唱歌，一边前行。